너와 나만 모르는 우리의 세계

김유자
2008년『문학사상』을 통해 시인으로 등단했다.
시집『고백하는 몸들』『너와 나만 모르는 우리의 세계』를 썼다.

파란시선 0087 너와 나만 모르는 우리의 세계

1판 1쇄 펴낸날 2021년 9월 30일
지은이 김유자
디자인 최선영
인쇄인 (주)두경 정지오
펴낸이 채상우
펴낸곳 (주)함께하는출판그룹파란
등록번호 제2015-000068호
등록일자 2015년 9월 15일
주소 (10387) 경기도 고양시 일산서구 중앙로 1455 대우시티프라자 B1 202호
전화 031-919-4288
팩스 031-919-4287
모바일팩스 0504-441-3439
이메일 bookparan2015@hanmail.net

ISBN 979-11-91897-04-3 03810

값 10,000원

*이 도서는 2019년 아르코문학창작기금 지원사업에 선정되어 발간된 작품입니다.

너와 나만 모르는 우리의 세계

김유자 시집

시인의 말

소금 속에는
밀려오는 파도가 있다
파도가 흰 이빨로 모래알을 깨문다
모래알은 발가락을 깨문다

붉고 노랗고 푸른
발가락들

문득, 내 몸속 파도의 1퍼센트를

이해한 것 같은 기분이 들 때가 있다

차례

제3부 물고기의 가역반응

제4부 불화의 위치

제1부 아무도 들어가지 않은 수영장

이름들

흘러간다 물고기들 사이로
물풀에 찢기며
모래알을 들썩이게 하며

흘러가는 것만을 할 수 있다는 듯이 흘러가다 문득
뿌리 속으로 빨려 들어간다, 이끌려 올라가다
막다른 골목을 밀며 나아가고
골목은 자꾸 뾰족해지고 길어지고 갈라지고

고여서 깊어지는 감정 같아서
가라앉고 쓸려 가고 넘쳐흐른다
시냇물 성에 폭포 입김 빙하 바다로 출렁이는 이름들

새벽이면 잎사귀 위에 흔들리는 네가 있다

덜그럭거리는 숲

서랍 속에 누워 있다
밤을 좋아하지만 밤은 계속 밤이다
서랍 속에는 문고리가 없다

덜그럭거리는 심장
열리지 않는 숲

밖에선 어떤 일이 일어날까
나 없는 세계는 이야기일 뿐
나 있는 세계도 여기에선 이야기여서

울창한 그림자에 담겨 나는
하늘을 떠올린다 구름이 게으르게 흐르고 바람이 내려
앉지 못하고
별들은 시린 발을 꼼지락거리고
구름과 땅을 비가 꿰맬 때

당신은 책상 위에 시침처럼 엎드려 있다
여전히 밤인데도
당신의 심장이 문을 두드린다

눈 덮인 숲에서 나무들이 컹컹 짖고
눈처럼 먼지가 날아오르고
하늘이 흔들리고 새들이 떨어져 내리고
나는 쓸려 가지 않으려 이야기를 힘주어 붙든다

책상은 서랍을 빼물고 덜걱거린다
당신은 나를 꺼낸다
문고리 없는 숲이 펼쳐진다

수영장

나의 오른쪽은 조금씩 붉어지는 하늘이다
가로수는 희미한 생각을 털어 내며 걸어오고
수영장 가는 길이 출렁이고

병원에 누워 있는 너는 삼 년째 나와 눈 맞추지 못한다
파도치던 네 몸이 나무 같다
나뭇가지를 쥔 새 발가락 모양의 네 손을 잡으면
너의 얼굴에서 솟아오르는 나의 얼굴

나의 왼쪽에서 소독약 냄새가 풀려나간다
수영장으로 뛰어드는 너,
물이 튀어 오른다 첨벙거리던
네 목소리가 마개 뽑힌 수영장 물처럼
하수구로 빨려 들어간다
젖은 나무가 햇빛 쪽으로 몸을 돌린다

가지를 쳐낸 가로수는
부딪쳐 오는 바람을 어떻게 표현하나

아무도 들어가지 않은 수영장

물결이 없어 물이 보이지 않는다
갇혀 있는 물결에 한쪽 발을 넣는다

한강 둔치에서 강물을 바라보며
밤샌 적 있다 우리 얼굴이
조금씩 어둠을 찢고 나올 때

가로등이 한꺼번에 꺼졌다

맛조개

그러고 싶지 않았지
그러고 싶었지
캄캄한 곳에 앉아 있는 것 같아서

모여서 이야기하다 보면
뿌려진 소금에 밀물인 줄 알고
나 혼자 튀어 오르거나
더 깊이 파고들거나

알려고 할수록 내 발은 갯벌처럼 빠져들 뿐이어서

가만히 고여 있을 수 있지 내가 파 놓은
구멍 속에서

그러고 싶었지 실은
그러고 싶지 않았을지도

한밤중 플래시를 들고 구멍을 비추는
바닷물을 흉내 내는 신(神)들에게서
알고도 튀어 오르는 몸에서

마음은 떠나지 못하는데

겹겹이 덮여 캄캄한
마음은 무덤 같아서
자신의 뼈를 읽고 있는 유령 같아서

진흙이 얼굴을 핥고 있는 줄도 모르고
몸이 녹아내리는 줄도 모르고

정말이지, 튀어 오르고 싶었는지
더 깊이 파고 내려가고 싶었는지

캄캄한 곳에 앉아 있는 동안
밀물이 들어와 바다가 되는 동안

백야라는 부사

세상의 윤곽을 지우지 못해
뒷골목에서 얼굴을 묻고 주저앉은 곳
시계가 없어 밤을 만날 수 없는

여기까지 왜 왔나 6월의
늙은 침대와 한 덩어리 어둠인 나를
바라보는 눈이 있다

결정 뒤에 나는 언제나 어스름이었다
만일,
만약에,
혹시, 라는 말들에는
사라지지 않는 윤곽이 있다
백야가 있다 그리하여

열한 시의 밤 골목 저 먼 곳에서
걸어오는 사람이 다가오고
나를 지나쳐 멀어질 때까지
긴 불안이 계속되는 곳
어두워지는 중인지 환해지는 중인지 알 수 없는

떠오르지도 가라앉지도 않는 지평선에 누워

눈 감으면 여기는
나를 더듬고 있는 나, 여서

오래 희미한 곳
잘 지워지지 않는 곳

우아한 세계

긴 오른 다리를 오른쪽으로 뻗는다
긴 왼 다리를 왼쪽으로 뻗는다
긴 목 위의 주둥이가 웅덩이에 닿기까지
기린은 오래 걸리고
사자는 이때를 노리고

요즘은 왜 요리가 맛집이 관심사인가
사회학자는 현상을 연구하겠지만
늘 가던 식당을 나는 한동안 못 가겠지만
천천히 장(腸)을 내려가는 음식같이
맛집 앞에 줄을 서서

길고 긴 거리를 걷다 보면
어디를 가고 있는지 어리둥절할 때가 있다
물결을 따라 올라와
기린의 식도에 걸려 파닥이는 송사리처럼
그러나 결국 녹아내리는 슬픔처럼

막혀 있던 하수구는 뚫리고
나는 다시

늘 가던 식당에 앉아 있거나
기린은 길고 기차는 빠르거나 여전히
소화되고 있는

이 세계는 언제나 목이 마르고
죽음 앞에서 우아하게 천천히
두 발을 뻗으며

역광

봄이 왔구나, 생각이
다 가기도 전에 여름이 올 것이다

몸이 열리면 그림자는 사라지나

너를 지우려 병원에 갔었다, 라니
떼어 내거나 긁어내는 것, 아닌가

일기를 지운다
지우개에 긁혀 노트가 찢긴다

그림자를 떼어 낸다
어떤 모습을 원하는 거야
어디로 가고 싶니

마음이 봄을 끌어당긴다
그림자가 흘러간다
머리카락과 숨은 스스로 떠난다

두 눈을 긁어낸다

숨구멍이 모두 곤두선다

빛이 밝을수록
배경과 몸이 분리된다

새로 돋는 그림자를 바라보는 눈

내가 없는 곳에서 전해진 세계가
생각 속에 쌓인다
여름이 봄을 지운다

식탁의 다리

하얀 식탁보를 보면 들춰 보고 싶다
엄마의 치마 속처럼

두 개의 다리
네 개의 다리 여섯 개의 다리가 있고
떨리는 한 개의 다리가 막혀 있는 공기를 흩트린다
은밀하게 격렬하게

식탁 위에 제초제
식탁 위에 나체
식탁 위에 시체가 있어도
놀랍지 않았는데

엄마의 뺨 맞는 소리
심장이 타오르는 냄새
화르르 공중에 뜬 수저들이 숨을 멈춘 동안
식탁보가 절단한 다리에서 무수한 다리가 꿈틀대고

식탁의 다리는 어디까지 가나
두 개의 다리는 백 년을 걷고 있고

백 년 속에는 몇 개의 다리가 물 위에 걸쳐 있다
맞은편의 당신과 문득
같은 접시 위에서 젓가락이 마주친다

식탁보를 들춰 본다
어디 숨었나 식탁의 다리는 여전히
엄숙하다 벌어져 있다
내 몸이 식탁보 속으로 끌려들어 간다 이곳은
뚜껑이 덮인 세계

천장이 손에 닿고 맥박이 눈처럼 쌓이고
차오른 숨소리가 젖은 화선지처럼 얼굴을 뒤덮는다

야외 수영장

수영장은 호텔 룸에 둘러싸여 있다
룸과 룸은 멀다 캐리어를 끌고
여행객들은 룸으로 들어가 문을 잠그고

자정의 야외 수영장으로
불빛이 발을 뻗는다
발을 피해 어둠이 조금씩
넘치고 있다 불빛은
발을 담그고 앉아 생각에 잠긴다

여름밤의 웃음이 튜브처럼 떠오르는
수영장은 늙었다
모서리가 컴컴해진다

아무도 수영장을 찾지 않는다
기억의 바닥이 보인다
천천히 허리, 가슴까지 담그고 불빛은

내가 모를 리 없지 정원에 핀 꽃 이름을 아이 이름을
집으로 가는 길을 웃는 법을 나를 안는 법을

발을 바닥에 내려놓는다
떨어져 있던 몇 개의 낙엽이 솟구치고

잠시 떠오르다 떨어져 부서지는
생각을 바라보는 자정의
수영장

내가 사랑한 것은 무엇이지 여기는 어디지
몸속의 이 사람은 누구지

야외 수영장이 담긴 구름을 끌고 여행객은
새벽으로 가고 있다

이건 내 소리가 아니다

고요가 쌓이거나
우르르 발들이 몰려다니거나
소리가 갇혀 있는 이곳

축음기에서
최초의 소리가 흘러나온다

몸 안의 여기저기 구멍 난 심장을
바늘이 긁고 간다

이상해, 웃고 있는 입술들
바늘이 들리자 멈추는 통증들

입이 닫히지 않는다
이젠 심장에 고통이 될 노래가
없을까 봐 두려워
닳아진 구멍을 더 깊이 파헤칠
날카로운 바늘을 기다린다

나를 읽어 낸 노래는

내 소리가 아니다 누굴까
심장 곳곳이 뚫리도록 내 속에
소리를 지른 사람

죽고 다시 살아나는 이곳은
묘지이고 연회장이고 광장으로
먼지처럼 떠올랐다 내려앉는 발소리와
뒤엉켜

내가 여기저기 뚫려 있다
바람이 구멍들을 긁고 갈 때마다
노래가 흘러나온다

왼발은 숲으로
오른발은 바다로

손을 넣고 휘휘 젓다가
발을 꺼낸다
두 발은 두리번거리다,
왼발은 숲으로 오른발은 바다로

귀를 꺼낸다 이것도 한 쌍이구나
열려 있어서 지킬 것이 없구나
두 귀가 다가가 붙어 서자,
나비가 된다
날갯짓할 때마다 파문이 일고

입을 꺼내자 윗입술은 떠오르고
아랫입술은 가라앉는다
구름인가 은하수인가 머리를 갸웃거리며
윗입술은 우주를 떠가고
심해에서 지느러미를 흔드는 아랫입술 사이로
유성우가 흘러내린다
말들이 심해어의 눈처럼 흐려진다

무엇을 꺼내도 나로부터 달아나는

빛은 흩어져 있는 뼈와 심장과 귀들을 끌어당긴다
잠 깨면 바다와 사막과 행성 냄새가 난다
눈, 발, 가슴 한 쌍은 서로를 바라보지 않는다
손목과 손가락
종아리와 발목
입술과 혀는 붙어서
서로 다른 생각에 잠겨 있다

제2부 71퍼센트의 이해

투명의 세계

창문의 유리가 떨림을 멈춘다

울고 나면 문득 유리가 된 것 같다

방바닥에서 나보다 커지는
나를 들여다본다

투명함 속에 부유하는 것들, 그러나

안에 있는 사람도
밖에 있는 사람도 나를 통해
내가 아닌 것만 본다

거짓말쟁이, 네가 주먹으로 치자
내가 쏟아져 내린다

장보기

태풍은 일본을 거쳐 동해로 이동 중이고 서울은 해와 비가 번갈아 나타난다, 지금은 해.

붉고 노랗고 푸른 살색에 박혀 있는 햇빛과 부드럽거나 딱딱한 살에 고여 있는 비. 과일과 쪽파를 사러 간다.
쪽파보다 실파는 희고 가늘게 누워 있다.

언니는 어려서부터 자주 아팠고 나는 여전히 튼튼하다. 엄마와 언니는 수박을, 나와 아버지는 사과를 좋아한다. 아버지는 엄마보다 십구 년을 더 살았다.
태풍은 삿포로 근처에서 소멸될 예정이라 한다.

삿포로의 눈 위를 걸어 다니며 나는 「설국」을 생각했지만 소설에 나오는 눈은 그곳의 눈이 아니다. 수박은 바닥에서 자라고 사과와 포도는 매달려서 익는다.
사과와 수박을 지나 포도 곁을 걷는다.

기억은 수박씨처럼 박혀 있지만 씨 없는 수박도 있다. 쪽파가 없으면 실파가 쪽파를 대신할 수 있지만, 쪽파는 더 자라도 쪽파고 실파는 뽑지 않으면 대파가 된다는 사실에 나는 어리둥절한 기분.

엄마 없는 십구 년 동안 아버지는 사대가 살던 집에서 혼자 나가 산다. 오래전에 홀로된 할아버지는 며느리 죽고, 손주 며느리가 차려 주는 식사를 하다 구십육 세에 스스로 곡기를 끊었다.

나는 쇼핑 카트에 넣었던 사과를 꺼내고 포도를 담는다, 지금은 비.

쇼핑백과 책가방과 우산으로 두 손이 넘쳐난다.

해마다 태풍은 오거나 비껴간다. 태풍 소식이 없었던 해는 도무지 기억나지 않는다.

아오리의 여름

폭풍에 휘어진 사과나무 가지들을 세워 주고 엄마는
떨어진 풋사과를 한 광주리 얻어 왔다
여섯 아이들을 먹이려고

껍질을 까듯 하나 하나
날개를 펼치고
온밤을 푸드덕거리는

아오리의 여름
골든 딜리셔스와 홍옥을 교배했지 아침이면
날개를 접고
바닥으로 떨어진다 아버지는
본 적 없는 아이를 데려와, 이제부터 얘가 막내다

우리는 걷고 또 걷는다
어떤 마음이 생길 때마다 서로가
아무 짓 하지 않아도 날개가 무거워진다
에메랄드그라운드비둘기는 온종일
날아오르지 않는다 의문은
종일 바닥을 쪼아 댄다

저녁이 몰려오면 가까스로 날아올라
나뭇가지를 움켜쥐는 열네 개의 발들

어둠 속에서
점점 커지고 단단해진다

미아

비행기에서 내려 비행기를 타야 해
공항 이스탄불, 캐러멜처럼 입천장에 달라붙는
아이스크림이 유명해 빨간 조끼의 사내는
노란 얼굴 딸기 얼굴 차도르 속 얼굴을 쌓아 줄 듯 말 듯 줄 듯 말 듯
혀를 날름거리는 사람들, 이스탄불
흙은 밟지 못하지 갈라타 거리에선
그을린 빵 냄새가 날 것 같아 하수구에선 커피 찌꺼기의 찐득한 냄새
지금 여기는 오 초 동안 샤넬 향이 난다
유리창 밖 무릎 긁힌 구름은, 부딪혀 넘어진 당신은,
떠나는 중인가 돌아오는 중인가
세네갈로 갈 수 있다 서울로 갈 수 있다 양수 속에도
무덤 속에도 갈 수 있지만,
꼭 돌아와야 한다면 간절히 떠나고 싶지
엄마 아빠가 기다리지 않는다면 집도 여행지 같지
앉아 있던 당신은 시계를 본다
이스탄불의 시계는 꼿꼿이 서 있는 불침번의 자정
오후 열한 시를 걸어가는 프랑스 구두
당신 몸을 떠도는 새벽 다섯 시

돌아가며 하품을 한다
배낭을 베고 마주 보며
옷을 베고 머리와 머리가 닿은 채 잠들면
비행기를 놓칠 수 있다 뾰족한 지붕에 찔려 꿈이 터지고
입가에 침을 닦으며 두리번거린다
일그러진 얼굴로 달려간다
길고 긴 통로들이 온 세계의 얼굴들이 술병들이 화장품들이
불어난 흙탕물처럼 밀려온다
잡고 있던 풍선이 엄마의 땀 젖은 손이 하늘로 떠오른다
당신의 이름을 부르며 아무도 달려오지 않는다
늘어선 어느 문도 당신을 들여보내지 않는다
주소가 전화번호가 당신의 책가방이 숟가락이 얼굴이
비행운만 남기고 사라진다

파이프오르간 소리가 흘러내리고 천 년 동안
관 속에 단정하게 누운 당신은 지금

올라가는 중인가
내려가는 중인가

흰 성당이 폭격에 검은색이 되었다가
자신의 색을 찾아가는 오늘 위에 오늘이 쌓여

스테인드글라스엔 오늘 위에 산 사람, 산 사람 밑에 눈 감은 사람, 죽은 사람 옆에 백합꽃, 목 잘린 백합에서 흘러나오는 음악, 음악 속에 파이프오르간, 파이프 위에 담배, 담배 옆에 쇠파이프, 쇠파이프 위에 피 냄새, 피 냄새 밑에 당신, 당신 위에 내 얼굴,

관 속의 질문은 차갑고 무릎은 아파 오고
오른발을 들어 올리고
내리고
왼발을 올리고

모든 곳은 아무 곳이다 적어 가는 여행처럼
눈감고 골똘한 당신의
닫힌 입처럼

관 속의 시간처럼

계단 위에 계단

1월 7일 말하는 염소
1월 16일 날으는 암탉

눈이 내리고 또 내린다

더는 하산하지 못하고 발견한 집, 툇마루에 앉아 있다 정갈하게 쌓여 있는 장작들 젖은 등산화를 벗고 수건으로 언 발을 감싼다 염소가 나를 빤히 쳐다본다 닭들이 푸드덕거리다 조용해진다 부엌 아궁이에서 매캐한 냄새가 난다 아궁이 불빛이 염소를 흔든다, 커지다가 작아지다가 이리저리 휘어지다 쓰러진다 솥의 물이 끓는다 방이 따뜻해진다 선반에 있는 복분자 술이 익는다 염소의 눈 속 세상이 붉어진다 풀밭은 어디까지 펼쳐졌다 접히나, 문득 끊긴 산길의 흔적은 어디서 혼자 계곡을 건너나, 알을 품었던 날개를 펼치고 암탉은 빈 둥지를 내려다본다 염소가 덤불에서 풀밭을 찾아 헤매는 동안, 쓰러진 나무를 넘어 길의 흔적을 찾는 동안, 암탉은 둥지를 떠나 날아오른다 염소의 뒤를 따라가다 뒤돌아본다 발자국이 없다 사라진 발자국들이 둥지 위로 풀밭 위로 길 위로 사각사각 내려앉는다 발자국들이 오래 아궁이에서 타오른다 수숫대 같은 책들이 무너져 내린다 글자들이 바람에 흩어진다 암탉이 날아다니다 지쳐 지붕에 내려앉는다

빈방에 혼자 있다 방구석에는 이불 한 채, 벽에는 달력이 있다 달력 속 문장이 내 머릿속에 하얗게 내려쌓인다

•1월 7일 말하는 염소 1월 16일 날으는 암탉: 달력에 이 문장을 쓰신 분께서 연락 주시면 다음엔 출처를 밝히겠습니다.

move

바다와 태양이 붙어서 수평선은
또렷해졌다

자고 있는 나의 머리맡까지 와서
두 눈 뜨고 바라보고 있다 내가

슬퍼서
미치지 않으려고
너의 속으로 들어간다

안개와 얼음이 몸을 바꾸는 것처럼
나와 네가 서로를 부정하는 것처럼

폐쇄병동에 너를 넣어 놓고 길을 걸어갈 때
따라오는 유기견의 털들은 엉겨 붙고
침을 뚝 뚝 흘리고

웃다가
웃어도 되나, 라는 생각은
허공에 멈춰 있는 비와 같아서

비는 투명한 몸으로 세상을 가릴 줄 안다

가깝고도 멀어서
구름과 바다는
비로 붙었다 떨어진다

71퍼센트의 이해

배꼽 위에 모은 두 팔을 바닥에 내려놓는다, 목에 긴장을 푼다,
감은 눈으로 아랫배를 바라본다, 마음을 발바닥에 놓는다, 몸이 조금씩
나를 뱉어 낸다

허공에 흘러들고 있다
바닥에 남아 있는 내가
검푸르게 뭉쳐진 나를 바라보고 있다

수영을 배우기 전이었다 달천강이었다
내 손을 잡고 강물로 들어가는 이 있었다
괜찮아 잡고 있잖아
발이 바닥에 닿지 않았다
철교 아래 검푸른 물에서 내 손을 놓았다

손을 휘저을수록 빨려 들어갔다
힘을 빼
더욱 힘 모아 물을 쳐 댔다
몸이 가라앉고 있었다

죽는구나, 눈 감고 움직임을 멈췄다
물이 된 내가 몸에서 빠져나갔다
껍질은 필요 없다는 듯 물은
나를 뱉어 냈다

눈 뜨자, 발끝에서 머리까지 하늘이 덮여 있었다
흐르고 있었다
물 밑에 남은 내가 나를 향해 손을 휘젓고

깔깔대며 나를 잡고 물가로 가는 이 있었다

처음으로 나의 물을 이해했다
죽은 나무 속 뚫린 공간이 점점 깊어진다

칠 미터쯤 벗어났을 때

홍수는 자동차를 플라타너스 가지 위에 얹어 놓았다

우지끈, 나는
빗줄기 사라진 허공에 새집처럼 앉아 있다
새들은 들여다보다 떠나고

들리는 소리가 몸의 비명인지 뿌리들의 신음인지 모른 채
나는 출렁이는 하늘에 떠 있는 배 한 척

나는 냉장고, 누가 문을 제대로 닫지 않았나
한 덩어리 하늘이 녹아 핏물이 흘러나온다

나는 시간을 털어 내고 있는 흔들의자

나는 발에 닿은 하늘이 낯설어 버둥거리는 물방개

나는 칠 미터쯤 떠오르다 나뭇가지에 걸린 생각

저 아래의 일들이 나의 일이었나 비의 일이었나

나를 안고 있는 네가 버티기 힘든 무게가 되어
우리라는 위험한 사이가 되어
지구를 흔들고 있다

정류장 옆 모과나무

모과나무는 연기처럼 자란다
정류장 표지판은 멈추지 못하는 시간처럼
서 있다
버스가 와서 나는 떠나고

다음 정류장에 표지판은 있고 모과나무는 없고
분홍 꽃잎이 떨어지면 문득
나뭇잎에 숨어 푸른 모과는 자라고 문득
노랗게 익기도 전 어느 날 밤 모과는
한꺼번에 사라지고 눈이 내린다

눈 덮인 텐트 앞의 모닥불은 타오르고
연기는 자꾸 내가 앉은 곳으로 방향을 틀고
모과를 넣고 레몬을 넣고 계피 조각을 넣고
와인을 끓인다
뜨겁게 흘러내리는 슬픔의 목이 부드러워진다,
녹는다, 모과나무 아래

개미들은 끝없이 나무에 오르고
바라보는 표지판은 간지럽다

나무가 까맣게 지워진 밤에
빛의 잎들이 돋았다 떨어지는
불면에 시달리는 표지판에서
빗물이 천둥이 정류장들이 흘러내리는 밤에

번개가 나의 얼굴을 하얗게 켜 든다
한꺼번에 내가 사라진다

pale rumor

누가 내 속을 파내고 있다

뚫린
길고 좁은 통로가 환하다
걸어 들어가 닿은 방에
자욱한 안개,
안개 속 계단을 오른다

벽이 앞에 있다
벽에서 푸른 안개가 흘러나온다
계속 걸어가세요
오른발을 내딛는다 벽으로 왼발을

벽 속을 걸어간다 푸른 안개의
끝이 보이지 않아 다음 한 발을 내려놓지 못한 채
돌아보면
계단 아래 내가 서 있던 자리에 푸른 벽이 있다
되돌아 내려오면 사라진 벽, 두리번거리면

머리 위 높고 좁은 틈에서 흘러내리는 하늘,

빛들이 내 얼굴을 무릎을 흩트리고 있다
발과 피와 남은 숨까지 흩어지고 그곳엔
푸른 알갱이들만 자욱하다

나는 뚫린 두 눈을 꾹,
막는다

●일본 나오시마 섬엔 안도 다다오가 지은 '지추미술관'이 있다. 가 보면 미술관은 없고 산이 있다. 산봉우리는 푸른 숲이다. 산 하나만 한 무덤 속에서 제임스 터렐은 주사기 바늘만 한 빛으로 만든 붓을 들어 푸른 안개를 그린다. 무덤도 그림도 사람도 열어 보면 푸른 안개다.

제3부 물고기의 가역반응

Ben-Day dot

고개 숙이면 내가 쏟아져 내릴 것 같다
장미와 폭설 사이 기차가 간다

산도 벌판도 전봇대도 구름이 되어 간다
기차가 벌판에서 멈춘다

기차에서 내린다
얼음 알갱이들이 민들레 홀씨처럼 날아오는
구름의 변신술

구름을 뭉쳐 던진다
손이 붉어진다

붉은 끈이 전깃줄에서 퍼덕인다
갓 잡아 올린 고등어는 비린내가 나지 않았다
죽은 몸에서 흩어지는

장미는 겹겹의 꽃잎을 관통하여 뭉클뭉클
냄새를 밀어낸다
하늘에서 피고 지는 구름에 코를 묻고

나는 검은 점 하나로 서 있다

달마시안처럼 달려가 나는 기차를 타고
처음으로 집을 떠났다
장미의 주먹들이 퉁퉁 부은 얼굴들이
나를 따라 뛰어왔다
고개 들면

내가 한 장 한 장 흩날릴 것 같다
기차에 오르자 눈썹 위에서 어깨 위에서
구름이 녹는다
천천히

기차가 움직인다
벌판이 얼룩덜룩해진다
달마시안의 반점 하나 하나가 거대해진다
점 점
점

점 속으로

철로가 내가 소리가 시간이
빨려 들어간다

괘종시계

성북천 변을 지난다
왜가리 한 마리가 물속 돌 위에 서 있다
성북천 변을 지난다
청둥오리 두 마리가 물속 돌 위에 앉아 있다 날개를 털며
성북천 변을 지난다
비어 있는 물속 돌 위에 내 눈빛이 앉아 있다
언제나
천변
작은 물고기들이 만들어 내는 파문
모래알들이 떠오른다
가라앉는다
네가 떠오른다
내가 가라앉는다
우리를 지난다
댕 댕 댕 댕 햇살이 왜가리 몸을 치고 있다
내 얼굴이 붉어진다
댕 댕 댕 바람이 청둥오리 날개를 펼치고 있다
생각 한 올이 날아간다
댕 댕 맴도는 나의 눈빛을 물고기들이 자꾸 삼킨다
찰칵, 정오의 그림자가

몸속으로 들어가 문을 닫는다
그림자의 모든 방향이 열린다

나는 드디어 한쪽 발을 든다

식사 후 나른한 양 떼

검은 발자국들을 나는 따라간다 발자국들이 조금씩 흐트러진다

폭설처럼 도둑처럼 발자국과 나 사이에 양들은 온다 바람이 다 익은 옥수수자루처럼 툭, 내 머리를 자른다 나는 떨어진 머리를 번쩍 들어 목 위에 얹는다 눈꺼풀과 눈 주위 근육을 사방으로 잡아당긴다 숨어 있던 숨소리가 몰려나온다

나는 가고 있었다 하나 둘 사라지고 있었다 간신히 A양을 찾으면 B양이 보이지 않았다 갈 길은 먼데 조금씩 불안해졌다 시간이 너무 걸리네 A양 손을 잡고 B양을 찾고 있었다 찾아지지 않았다 메에에, 둘러보니 찾지 않은 빛이 창가에 있었다 양은 없었다 빛과 창문과 내가 있었다 천장이 있었다 엄마는 없었다 책상이 있었다 창문과 책상과 나는 가고 있었다 책상을 바라보면 창문이 사라졌다 창문을 찾으면 책상 속 사람은 사라지겠지 하나 둘 자꾸 사라지고 있었다 보이지 않는 곳에서

선량하지도 새하얗지도 않은 양들이 머릿속 여기저기

를 밟아 댄다 내 목 위에 이것은 누구의 머리지? 안 보는 척 주위를 둘러본다 머리를 수그리고 있는 양들, 메에에 벌어지는 입을 가린다

조조

조조는 황제 이름 강아지 이름
빛과 어둠이 부딪친 거리
지난 일요일에도 조조 영화를 보았다

영화관 계단에서 발과 바닥이 만나는 소리를 듣는다
내가 앉자 의자에서
백 년 전에 닫힌 관 뚜껑 열리는 소리가 난다
출렁이는 화면 불빛에 목까지 잠겼다 들려진 얼굴에서
스크린이 흘러내리고
차고 긴 손가락들이 내 머리카락을 파고드는

텅 빈 의자들이 모두 나를 쳐다본다

조조는 잠과 활동이 뒤엉킨 도시
막 태어난 짐승과 보도블록에 말라붙은 식물
나와 세계의 틈

거리는 새로운 한 주가 시작된다
잠긴 상점들 문을 지나다 문득
유리 진열장 속 눈동자와 마주친다

몸이 사라진 우리는 동시에
얼굴을 돌렸다

움직이고 있으나 아무도 보지 않고

하나, 둘 그리고
아무도 당신의 전화를 받지 않았다
부음 문자가 왔을 때

우리는 화장터에서 만난다
당신 몸이 불 속에서 꽃핀다

심장이 멎을 때 둥글게 모여 있던 허공들
와글거리던 공기가 식어 가는
고시원에서
언제 죽었는지도 모르게
죽었다고 한다

당신은 기타를 쳤다 모터사이클을 탔다 경비행기를 몰았다 지인들에게 사기를 쳤다 술 취하고 폭언하고 폭행하고 이혼하고 원룸에서 살다 고시원으로

딸이 주먹을 풀자 당신이 흩어진다
허공이 조각난다

조각난 기억들이 햇빛에 잠시 반짝이다 사라진다
누군가에게 기억될 때까지
죽은 사람이 살아 있는 건 아니지만

나무는 죽어서도 기억하고 있다는 듯이
썩은 둥치 위에 운지버섯을 맹렬히 꽃피운다

울지 않는다 아무도
울지 않으니 호상 같다

벵골 남자의 소설

남자의 입에서 잠자리 떼가 날아오른다
여자의 입에서 낙타들은 걸어 나와
사막을 가고 있다
앞서 있는 태양을 뒤로 보내도 낙타는
잠자리 떼를 앞지를 수 없다

지친 낙타의 눈꺼풀에서
벵골 남자의 소설이 펼쳐질 때

소설 속으로 날아간 잠자리 잠자리 등으로 낙타가 올라가고 잠자리는 흔들리고 낙타 등은 출렁이고 이 길은 마디가 너무 많아 마디마다 고비를 넘어가고 낙타는 두리번거리고 잠자리는 제자리를 맴돌고 대체 왜, 인도어는 이백여 개나 있는 거야 벵골어도 몇 개나 된다는데 벵골 남자의 눈동자가 휘둥그레질 때 벵골고양이는 고양이 중에 가장 비싸고 호기심 많고 여자와 노는 것을 좋아하고 표범 무늬를 하고 십오 년을 미야오 울다 죽어 영국 귀부인은 미야오 미야오 한없이 울었는데 벵골고양이를 끌어안은 귀부인의 눈길은 아닌 듯 언제나 벵골 남자의 눈길을 앞지르고 있었는데 귀부인 울음이 그칠 때까지 벵골 남자

는 손목이 묶이고 채찍을 맞으며 날개가 한없이 떨렸는데

소리 없는 울음은 어떻게 번역되나

소설이 남자에게서 걸어 나간다
낙타는 무릎이 꺾인다
귓속으로 모래가 떨어진다

마이크의 세계

내가 아닌 너도 아닌

퍼져 가는 기분은 누구의 것인가
너의 목을 잡은 손바닥이 축축해진다

말이 내려앉은 귓속에서 엉겅퀴가 뻗어 간다
나도 모르게 손에 힘이 들어가
너의 목에 온통 엉겅퀴꽃이 필 때

너의 떨림을 이해하고
내 속의 네가 점점 더 커지고
구름이 빗줄기로 나뉘듯이 나를 갈라놓고

파편들은 벽에 부딪혀 돌아와 우리 위로 쏟아지지
사방이 거울인 방처럼 나와 너는 끝없이
서로를 관통하지

웅웅거리며 우리는
흩어진다 뭉쳐진다 사라진다
너로부터 흘러내린

나로부터 새 나가는

너와 나만 모르는 우리의 세계

나의 빙하 시집

—메르드글라스(Mer de Glace) 빙하에서

하늘에서 마을로 늘어진 딱딱한 혀 위로
흙먼지가 찢긴 바람이
꽃잎이 산양의 피가 맨발의 별빛이
몸을 던진다
지우고 덧쓴 연습장같이
누군가 써 버린 영혼같이

내 혀가 묶여 있다
천 일의 밤을 땋아 내린 이야기처럼

이제 혀는 잿빛이다 만 년 전 흰 혓바닥에서
똑 똑 떨어져 내리는 소리 들린다

얼고 녹기를 백 년 빙하에 비늘 하나가 생긴다
빙하는 언제 비늘을 완성할까 녹은 혀를 달싹여 보는
8월
말더듬이 내 입에서 말이 튀자 야생화가 가득 핀다

꽃에 얼굴을 묻는다 향기를 맡는다 꽃잎을 손가락으로
비빈다

물든 손가락을 들여다볼 때

나는 불타오른다
나도 모르게
혀 밑으로 흘러내려 호수를 이룬 말들

발을 담가 보는 사람들
차가워서 금세 발을 빼는 사람들

시간의 머릿결 쓸어 주기

늑대가 마을의 송아지를 물어
죽였다고 한다
자신보다 큰 송아지 목을 물고 늘어진다, 이빨이
동맥을 찢는 순간 두 개의 몸은
피를 뒤집어쓴 뜨거운 덩어리가 되었다

바퀴벌레를 잡았을 때 호들갑이던 너는
송아지 스테이크를 썬다
입속에서 피 냄새가 녹아내린다

창밖엔 바람에 찢겨 흩날리는 꽃잎들
온몸이 부서지는 빗방울들

늑대의 이빨이 무뎌진다
빳빳하게 일어선 털들이 가라앉는다

무덤 속에서 얼굴을 발가락을 통증을 기억을
벌레가 부드러운 혀로 핥고 있다

늑대는 품에 안긴다

너의 오물거리는 입을 바라본다
종편에서 살인에 대한 드라마를 계속 상영한다
여전히 몰려오는

오늘의 목을 물어뜯자
오늘이 태어난다

하나의 얼굴이 아닌 아이에게

이상해 머리가 둘인 태아야, 너는 울음을 터트린다
울컥, 울음이 두 개의 내 입을 벌린다
유리 밖 얼굴이 밀려들어 온다

하나의 얼굴은 너를, 하나의 얼굴은 나를 향하고
나는 눈이 네 개인데
너의 눈 속에 두 개의 내가 담겨 있다
발을 휘저어도 너는 멀어진다

눈 속에 담긴 내가 나를 떠난다

게임하는 소년이 있다, 오지를 찾아다니는 작가가 있다, 인체 해부를 하는 학생이 있다, 비명을 들으려 비워 놓은 허공이 있다, 반쯤 쓰던 시를 던져 놓고

얼굴이 흔들린다
변하지 않는 표정에도 감정은 자라고
죽은 후 자라는 손발톱처럼
멈추지 않고 자라는 것이 있어서

내 몸을 담아 간 눈들과
그 눈들이 죽어 가는 것을 바라보는 내 눈이 있다
고장 난 우주선에서 지구를 바라보는 마음이 있다

물고기의 가역반응

외삼촌이 청첩장을 주고 가셨다
그 애의 결혼식은 없다

네가 그랬니? 나는 고개를 가로저었다 아이들이 네가 썰매 태웠다던데? 나는 고개를 가로저었다 왼쪽 볼이 겨울 저수지처럼 딱딱해져 갔다

그 애는 죽었다

얼어붙은 저수지에서 아이들이 썰매를 타고 있었다 그 애에게 무릎을 쪼그려 앉게 하고, 앞에서 나는 그 애의 손을 잡았다, 달렸다, 신난다, 그 애의 소리가 들렸다, 더 빨리 달렸다, 얼어붙은 물결이 화난 물고기의 지느러미 같았다 물결에 걸려 그 애가 넘어졌다 꽃잎, 꽃잎, 꽃잎, 얼음 위에 피가 스며들었다 손톱 속 봉숭아 물처럼

그 애는 죽을 것임에 틀림없다

사방에서 아이들이 비명을 질렀다 어른들이 달려오고 있었다 나는 뒷걸음질 치고 있었다 흰 얼음 위에 피가 섬

뜩했지만 내 몸이 뜨거워졌다 잡혀 올라온 물고기처럼 가슴이 펄떡거렸다 나는 몰려든 아이들 뒤에 있었다

나는 집에 있었다
나는 저수지에 간 적이 없다

그 애는 죽을지도 모른다

네가 여섯 살인가? 그 애가 네 살 때 이마가 찢어져 여덟 바늘이나 꿰맸잖니 기억 안 나? 너랑 저수지에 갔던 그날 말야 다행히 가로로 찢어져 이젠 흉터도 잘 안 보여 외삼촌 말에 내 왼쪽 볼이 지느러미를 쫙 폈다

제4부 불화의 위치

슈만의 구두 가게

—죽음이 찾아온 그의 곁에는 아무도 없었지만
마지막 악보가 손수건처럼 흔들리고 있었네

발바닥은 눈 뜨고 무슨 생각을 할까 잠든 물고기처럼
늙은 슈만이 악보 속을 맨발로 걸어 다닐 때
물결에 밀려온 구두들
구두에 내 발을 넣어 보네
빨간 구두가 예뻐 검은 구두는 발에 맞지 않아
하이힐 플랫슈즈도 좋지만
물고기 눈동자 같은
잠자리 날개의 구멍들 같은
거미줄에 걸린 태양 같은 당신의 마지막 구두,
신어 보지 않아도 내 발이 콧김을 휭휭 내뿜네
모래밭을 달려가네, 귓속으로 파고드는 태양의 허밍들
수평선을 끌어당기네, 허밍을 터트리는 파도들
날뛰던 내가 물속으로 서서히 가라앉을 때
태양이 떨어져 내리는 지붕 위에서 슈만은 톱 악기를
꺼내 드네
활을 긋자, 발과 가락과 톱은 서로 껴안고
서로 떠밀며 한 발자국 두 발자국
떠오르고 있네

While My Guitar Gently Weeps

바다에 두 손을 담가 퍼 올린 물이 푸르지 않듯이
달이 노랗지도 희지도 않듯이

기타를 더듬어 흘러나오는 음색에서
방금 깎은 잔디 냄새가 나듯이
싸락눈이 풍경을 구멍 내듯이
물안개가 세상을 지우듯이

숨죽인 눈동자들이 횃불을 흔들듯이
손가락들이 쉼 없이 움직인다
귀를 대고 기타가 심장 소리를 듣는다
한 겹씩 벗겨지는 나는

폭풍에 휘청이는 나무이듯이
멀리멀리 달아나 나무 구멍에 고인 달빛이듯이
닿을 수 없는 그의 등을 뚫어 버린 손가락이듯이
붉은 조명에서 나온 창백한 얼굴이듯이

밤바다에 눈이 내렸다
바다는 하얗게 되지 않고 모두 잠든 이른 아침

흰 모래밭에

발자국이 가고 있다, 끝없이
바다로 휘어진

*While My Guitar Gently Weeps: 비틀스의 곡.

그림자 푸가

류트에 손가락이 닿을 때마다 튀쳐나오는 노래가
휘감고 휘감아 감옥이 될 때까지
나의 철창을 내가 애타게 뜯을 때까지

낡아 가며 맑아지는 것이 있다
흙탕물
귓속에 가라앉은 목소리
울기 위해 벗어 놓은 얼굴
달아나고 달아나도 돌아와 나를 두드리는

노래를 위해 창자를 내어 주는 새끼 양의 떨림으로
멸종 위기인 황금새의 마음으로

나에게서 튀쳐나온
검은 창고

창고는 작아서
창자로 꼰 줄은 발끝에서 머리까지
태양에서 달려온 지상까지
숨에서 숨까지

돌고 돈다
내 몸이 열릴 때까지

은각사는 은칠을 못 한 채

담이 푸르게 흔들린다
동백 잎들이 발소리를 쓸고 있다
본당 앞 둥근 모래탑 아래
넘실대는 모래 파도 위에서 눈길들이 부서진다
너무 인위적이야 너는 말하지
파도를 움켜쥐고 싶었던 정원(庭園)에 대해
무너지지 못하는 파도에 대해 그들의 관계에 대해
너는 절실함을 모르는구나 나는 말하지
바람이 파도에 부딪혀 찢긴다
돌아설 때마다 반짝이는 상처들
연못에 물고기가 보이지 않아 네가 말할 때
교각 아래 그늘진 생각에 모여
지느러미를 고요히 흔드는 거무튀튀한 잉어들
보여 줄 수 없는 내 속의 너처럼
물결이 퍼져 나간다
물결은 대나무 숲에 닿아 소리가 된다
소리가 너의 귓속에 부딪혀 무너진다
어떤 호칭으로 불러야 하나, 알 수 없는 우리는
호명하지 않고도 함께 에스프레소를 마시고
피아노를 연탄(連彈)하고

사진기를 들고 너는 얼굴이 아닌 내 손을 찍고
나는 너의 두 발을 찍고 우리는
돌아선다, 눈 뜨면
정갈하고 푸른 이끼로 뒤덮인 인공 정원
오백 년이 지나도 은각사는
은칠을 못 한 채 돌아나올 때
담장의 동백은 자신이 쓸어 놓은 길 위에
흰 꽃을 떨어트린다

브로콜리처럼

한 줄기에서 여러 갈래로 밀어 올리며
자란다

뛰어내리고 싶어
문갑 위에서 의자 위에서 담장 위에서
점점 높은 곳으로

장대높이뛰기에서 장대는 언제나
쓰러지지
하늘에 쓰러져 잇몸을 드러내며
웃는다 너는 새똥보다 작은 점이었는데

내려앉으며 점,
점, 부푼다
빗방울처럼
두더지가 파고드는 땅 위의 흙처럼
태풍이 끌어당기는 숲의 머리채처럼

불어난 계곡물 곁을 걷다 보면
소문이 봉우리를 깎아 절벽을 만드는 것 같다

브로콜리의 줄기를 떼어 내면
팔뚝만큼 굵은 밑동이 남는다
도마에 덩그러니 버려진

고베

고베는 어디인가 버스 타고 가다 보면
왼쪽 바다를 계속 돌고 있다는 생각

고베는 산책하기에 좋은 언덕이 있고
언덕 위엔 오래된 영국인 영사관과
독일 상인의 독일식 집과 정원과 가구
커피 볶는 집과 빵 굽는 냄새를 따라 백 년을 떠돌 수 있다

천 년 전에 헤어진 너를 따라 골목을 헤맬 때
고베는 고백 같아서
어두워지는 바닷가에 하나 둘
이야기를 켜 들고 모여든다

골목은 언덕으로 올라가고
집들은 잠옷 위에 발자국 소리들을 환하게 켜 들고
흘러내리는 밤을 들여다본다

발길은 어둠을 빠져나오지 못해
바람 위에 머리카락으로 떠도는 노래를 써 대는

고베의 밤

지진으로 갈라진 가슴 한쪽을 기념처럼 세워 둔
고백은 고체 같아서

이백 년 삼백 년 천 년
사랑이라는 한 귀퉁이를
아직도 무수한 발들이 돌고 있는
왼쪽 파도를 따라가다 보면

너도 아닌
나도 아닌
여기는 어디인가

카페 프랑수아

붉은 우단 소파에서 기다리네
랑게의 '꽃노래'가
향기를 내려놓고 가네
'진주 귀걸이를 한 소녀'와 나는
한곳을 바라보고 있네 백 년 전부터
문은 언제 열릴까
커피 향은 당신 없는 이곳을 떠도는데
주인은 장명등처럼 서 있는데
둥근 천장의 불빛은 감빛으로 익어도 아직
당신의 손은 내 어깨에 닿지 않고
카페 프란스가 아니야 카페 프랑수아
여기가 아닌가 약속이란
구름이 모였다 흩어지는 것 같아서
문은 언제 열릴까
나를 기다리는 건 개천의 줄지어 선 벚나무
벚꽃 잎이 물 위를 흐르다 거기 당신?
멈추지 못하네
문은 언제 열릴까
일본 인형 얼굴의 여종업원은 이국종 강아지 눈빛
나는 나라도 집도 떠나와

도시샤대학에서부터 당신의 발자국에
내 발자국을 포개며 오다 놓쳐 버린
이곳,
푸른 눈동자가 검은 눈동자에게 말하네
언제 끝나요?

•카페 프랑수아: 프랑스 화가 '장 프랑수아 밀레' 이름을 따서 1934년에 문을 연 교토에 있는 카페.
•정지용 시의 몇 구절을 빌려 왔다.

오늘은 초속 20m의 강풍이 예상됩니다

쉬지 않고 연주한다
들어도 듣지 않아도

음률 속을 떠가는 은갈치 떼
바람은 속도를 낸다

양쪽 차창을 내리고 손을 내밀고 우리는
자동차의 속도를 올려도 날아오르지 않았지
손가락 사이 흘러내리는 열정, 비창, 템페스트, 그러나

비는 오지 않고 푸른 하늘만 덜컹인다
제 속에 무수한 칼날을 가느라 바다는
부싯돌 부딪듯 반짝인다

자전거를 타고 해안 도로를 달렸을 때
바람 때문에 두 배로 힘들어 너는 멈췄고
뒤에서 바람이 불어왔다면 우리는 날아올라서

바다와 건물 사이에서 얼굴이 흩날린다

갈치 떼는 계절에 따라
서로 잡아먹기도 한다는데 우리는
그 계절을 모르고

바닷속에서 갈치는 은빛 몸을 꼿꼿이 세워
걸어간다
태풍 속 심해의 모래알은 떠오르나,
침묵 하나, 를 궁금해할 때
피아노 건반 뚜껑이 닫히고

얼굴과 얼굴 사이 초속 20m로 불어 가는
바람이 있다

불화의 위치

이 방의 문은 누가 떼어 놓았나
문짝을 벽에 세워 놓아도 문은 아니어서

벽엔 폭풍우 치는 바다가 있다
바다를 향해 번개가 뿌리를 뻗는다
바다에 있는 나의 배 한 척에 그녀는
큰 파도를 보내어 뒤집으려 한다,
배의 밑바닥을 보려고

식탁 위에는 내려치지 못해 떼어 놓은 손 하나가 있다
손은 붉은 새를 쥐고 있다
새의 심장 박동이 손가락을 거쳐 손목으로 오르다,
끊어진 자리에서 두리번거린다

커튼이 혀처럼 펄럭인다 그녀는
식탁의 부러진 다리 하나에 자신의 다리를 붙여 놓고
떠난다 식탁은

여전히 서 있고
다리는 방향을 알 수 없어서

새는 빈 옷걸이를 바라본다
붉은 깃털들을 벗어 새는 옷걸이에 건다
번개가 다시 뿌리를 환하게 들이민다
방이 땅속처럼 캄캄해진다

문이 없어서 방은 노크가 없고
식탁은 절뚝거리는 다리가 있다

syncope

구역질 난다 식은땀이 난다 목으로 무언가 울컥,
올라온다
벽이 천장이 빛이 내가 나에게서
빠져나간다

유성은 소원을 다 말하기도 전에
사라져 버린다 나는
사람들을 까마득하게 바라볼 때가 있다
왜 지구로 끌려와 타 버리나

태어난 아기는 울음을 터트린다

어느 중력에 휩쓸려 나는 불타고 있나

시간이 툭,
끊긴다

타 버린 우주가 내게서 후두둑,
떨어져 내린다

두리번거린다
여기가 어디지, 이 몸은 누구지, 문득
다시 태어난다

되어 가는 중이다

고양이 자세를 한다
뱀 자세를 한다
물고기 모습으로 뻐끔거린다

척추가 늘어나고 골반이 벌어지고
발톱 끝에서 아가미까지
숲을 달려가다 멈추다가
물결을 긴장시켰다 이완시키다가

슬픔의 논리를 세우다 슬픔을 잃어버린
기쁨의 이유를 따지다 기쁨을 잃어버린 몸으로
먹먹하게 펼쳐져 있는 사람이었던 세계를
올려다보거나 내려다보다가

고양이로서 웃고
물고기 울음소리를 내며

굳어진 밤을 길게 뻗어 본다
오른쪽으로 휘어진 새벽을 왼쪽으로 끌어당겨 본다

내 세계의 마디마다 들어 있는 힘을 빼자
근육에서 나비가 날개를 턴다
심장에서 물고기가 지느러미를 흔든다

혈관이 꿈틀거린다

귀환하는 얼굴

밤 속에 잠든 하늘이 있다
새의 몸속을 흰 구름이 통과한다
숲이 까만 거적을 뒤집어쓰고 바라보는

불 켜진 창 안
탁자 위 둥지엔 새알이 세 개

탁자 앞엔 이 모든 것을 바라보는
보이지 않는 당신의 뒤통수가 있지

새알 속에는
무덤 속에서 꼼지락거리는 나와
퇴근하다 보일 듯 말 듯 하품하는 나와
뜨개질하는 엄마 속을 헤엄쳐 가는 내가
모두 함께 미끌미끌 끈적끈적

당신의 뒤통수에 밤이 둥지를 튼다
둥지 속 새알들은 표면이 금 가고
갈라진 틈을 깨트리며 검은 코트의 나는 부화한다
검은 우산을 활짝 펴고 오늘의 화폭으로 날아든다

화폭이 찢어진다 찢어진 화폭에
당신의 눈동자가 걸려 있는

아침의 캔버스 앞에는 보이지 않는 나의 얼굴이 있지
얼굴 속으로 뒤통수가 통과하고 있지

•검은 중절모를 쓴 르네 마그리트는 매일 벨기에 왕립 미술관으로 귀환한다.

제5부 파도는 더 큰 파도를 데려온다

속초

비치마켓은 붉은 등대로 이어져 있다
파도는 오는가 가는가,
바다를 떠나지 못하고
유리창의 산은 밤낮으로 펼쳐졌다 덮인다 다시
펼쳐진다
여름을 당신이 읽고 있다
당신의 발목을 햇살이 밀려와 적신다 발에 묻은
햇살을 털고 당신은 한 손으로 턱을 괸다
도라지꽃 색은 두 가지
지구 한 장을 다 읽은 여름이 페이지를 넘긴다
다음
줄거리가 하얗게
비어 있다

원룸

벽 속에서 물방울 떨어지는 소리 들린다
누수 전문가를 부르면 소리가 사라지는
변기와 세면대와 개수대 파이프에 귀를 댄다
원인을 알 수 없이

마주친다 밤낮없이
심장 소리 같다
달리기 후에나 놀란 후에야 펄떡이고 있음을 느끼듯이
청진기 속에서나 들려오듯이
벽에 귀를 대면 환하게 부서지는 물방울

집에 소리가 멈추면
뼈처럼 내가 드러난다
벽 속을 걸어 다니는 발들의 울림이
가득 차오른다

소리가 생기기 전 집과 나는 무심했다
벽을 뜯고 들여다보아도
이유를 알 수 없고

텅 빈 속으로 새고 있는
찾을 수 없는 원인이
종유석처럼 자라고 있다
어둠이 똑 똑 고이고 있다

뜯었던 벽을 다시
시멘트로 덮는다
벽이 점점 두꺼워진다

둥글게 몸을 마는 일요일과 일요일

고무 타는 냄새로 동네가 엉겨 붙던 일요일이었다
티브이를 보며 나는 마른오징어를 씹고 있었다

매일 지나치던 오토바이 대리점이
노란 테이프로 묶여 있었다
오토바이들 몸체와 손잡이가 엉겨 붙어 있던
월요일이었다

강아지가 가로수에 기대 놓은 쓰레기봉투의 냄새를 맡았다
쓰레기봉투 입구를 묶은 비닐 끈이 떨리며
휘어질 듯 휘어지지 않았다 골목은
술 취한 사람들로 자주 휘어진다 밤이면
취객과 골목이 검게 엉겨 붙어 있는
수요일이었다

녹아내린 오토바이는
오토바이가 아니겠지 늦은 밤이면
골목을 끌고 가다 떨어트리는 오토바이들
그런 밤이면 잠은 검은 연기로 떠돌았다 목요일에

쓰레기 수거차가 다녀가고
오토바이 대리점은 비어 있었다
타 버린 마음을 묶어 놓은 듯 테이프의 노란색은
더 선명하게 보였다

포장된 상자 속 죽은 고양이가
여자의 집 앞에 놓인 토요일이었다

주인을 따라가던 강아지가
포장을 풀려는 손가락처럼
노란 테이프 앞 전신주에 한 발을 들고

오줌이 닿은 전신주는 우글쭈글해지지 않았다
오징어를 오븐에 넣자 둥글게 몸을 마는
일요일이었다

기울어진 하늘이 흔들리는 동안

마을버스 노선도는 타원형 혹은 별자리 모양이다
꺾이는 곳에서 사람들은 휘청이고

훌라후프처럼 돌다 보면
허리에 와 닿는 탄력을 이해해
부메랑이 그리는 곡선 속
급커브와 경사 심한 언덕과 튀어나오는 고양이를 알게 돼
손잡이를 잡고 있어도 놀라는 몸이 돼

같은 사람의 다른 날이 올라타고
감자와 고등어가 비비적대고
구운 고기 뒤섞인 술 냄새가 얼굴들을 밟고 가고
별들은 슬쩍 자리를 옮긴다
인사도 없이 마을에

별자리를 그리며 타이어는 닳아 가지
돌아온 부메랑에 묻어 있는 피처럼 바퀴엔
살점이 묻어 있기도 하지 과열되어
퍼지기도 하는

노선에 사로잡혀 있던 우주선과 사랑이
궤도를 이탈한다
귀환하거나
홀로 떠돌거나 오늘 밤

텅 비어 환하게 가고 있다 조금
기울어진 자전축으로 삼백 년 만에 새로 생긴
뱀주인자리를 돌고 있다

담쟁이가 뒤덮인 벽돌집

벽돌을 만들려면 황토 물 소금
그리고 짚 편회가 필요하다
같은 틀에서 만든 벽돌들,
모두가 같겠니?

쌓여서 벽 집 길이 된다 벽돌은
벽돌로 있으면 안 되나
옥상에서 떨어져 무기가 되기도 한다
공터에서 아이들은 편을 가르고 전쟁놀이를 하고
자신도 모르게 쌓이는 게 있다

담쟁이가 한 발 한 발 오른다
푸른 벽이 출렁인다 붉은 벽이 오그라든다
꿈틀대는 담쟁이넝쿨이
벽을 따뜻하게 하는지 틈을 만드는지
나는 모르고

쌓다 보면 구멍 내고 싶다 허물고 싶다

서울로 가고 싶어요

안 된다 여자는 도시로 갈 필요 없다
무릎 꿇고 밤새 울고 있는데
누워 잠든 아버지, 딸은 천천히 굳어 가고
벽돌은 그늘에서 말려야 한다

꽉 막혀 있는 몸을 조금씩 비튼다
부수수 떨어지는 것이 있다

흙을 모으고
물을 길어 와 소금을 풀고
점성이 있어야 하는데 짚은 어딨나 편회는 어딨나

white out

낙산공원 성곽 위에 앉아 있으면
발아래 불빛들이 어둠을 밀어 올리지
막차를 기다리는 간이역 대합실처럼 두 사람
한 사람은 고개를 묻고 한 사람은 어딘가를 바라보고
누군가 트럼펫을 분다 '문 리버'가
반짝이며 흘러간다 잘 익은 석류처럼
소리가 벌어지며 밤 기차가 도착했을 때
기차를 탔지 철로를 따라
사과꽃들이 어둠을 지우며 젖은 향기의 머리카락을 털고 있지
아버지의 연애는 왜 뒤늦게
쓸데없는 풋사과가 자꾸 열릴까
저수지 둔덕엔 온통
개망초꽃들이 휘청이던 엄마의 여름으로부터 멀리 멀리
고장 난 기차가 오래 정차했을 때
모르는 마을의 불빛이 따뜻해 보여 나는
철로에 쌓여 있던 눈을 뭉쳤지
돌멩이만 한 아버지가 들어 있는 눈 뭉치를
낯선 곳으로 던졌지 기적은 울리고 다시,
달려간다 덜커덩거리는 밤하늘

바닥엔 내 발을 향해 기어 오는
파충류 눈동자 같은 맥주 거품 속으로
콧속에 살갗에 파고드는 오징어 냄새 속으로 나도 모르게
내 숨결이 뒤섞이지 이것은
나의 이주(移住)
꽃들로부터 눈으로부터 다정이 끓어넘쳐 화상 입은 고향으로부터
다시, 피는 꽃들 속으로 내리는 눈들 속으로 낯선 고향 속으로
계절은 이주하지
캄캄한 세계로 이주한 아버지로부터
한 점의 불빛이 트럼펫 벨처럼 벌어지며
달려온다 투명하고 하얀
내장 속으로 나를 삼킨다

토끼들

고향에 집이 없다 우리는
옛집 가까운 풀밭에 차를 세운다
멈춘 바퀴 사이를 채우는 그늘
토끼굴 같은 믿음으로
그늘과 우리 사이에서 토끼는 풀을 뜯어먹는다
금방이라도 사라질 곳인데
함께 달려온 고향 친구는
쉴 새 없이 입을 오물거린다
토끼가 사람을 두려워하지 않는 동안
캐나다에서
서울에서
우리는 사랑을 잃고
시계는 서로 다른 시간을 가리키고 있다
짧은 앞다리와 긴 뒷다리로 시간은
언덕을 내려왔다 도망치듯
넘어질 듯 달려왔다
캐나다에도 서울에도 집은 없다 문득
죽은 듯, 껍질을 벗겨 만든 목도리인 듯, 토끼는
발을 쭉 뻗고 엎드린다
건드리자 천천히 몸을 일으켜

바퀴 밑으로 들어간다
방목된 우리는 바람에 흔들린다
토끼들이 우리의 이파리를 뜯어 물고
오물거린다 우리는
서로의 앙상한 줄기를 바라보고 있다

하수

하수구 뚜껑을 열어 놓는다

폭우를 받아 내야 하는 마음
쓸려 가는 하수들

하수들은 이길 수 없지, 부러진 나뭇가지가 시체처럼
나무에 매달려 있다 바람 불 때마다
춤추는 것 같다 서른여섯 명의 무기(舞妓)가
왼손에 약(籥)을 오른손에 적(翟)을 쥐고
눈꺼풀을 늘어트리고 발끝을 들어

툭, 툭, 떨어지는
리듬에 여름이 쇠약해진다

열리지 않는 바닥을 두드리는 비

오래 갇혀 더럽혀진 마음이
몸속을 돌고 있다
자다 일어나 등을 긁거나 종아리를 툭, 툭, 쳐 보는
나의 안부

하늘은 문을 닫아
물은 숲을 이룬다

河水, 下水, 下手, 下受, 下垂, 夏瘦, 遐壽……
모두 하수지만

하수는 자꾸 하수에게로 미끄러져 가고
나는 하수의 끝을 모르고
하수는 한 번이라도 이기고 싶고 결국

구멍마다 물들이 솟구치기 시작한다

화성과 옥탑

오늘은 화성과 지구가 가까운 날이어서
남쪽 하늘에 붉은 별이 보이면 그것이 화성입니다

한밤중 옥탑에 오른다 남쪽 하늘을 가늠해 보지만 붉은 별을 찾지 못한다

화성은 태고 때부터 아는 별 같다
표면에는 강이 흘렀던 자국이 패여 있다 위성은 두 개
불 꺼진 너의 옥탑방은 잘 모르겠다
깜박이던 전구는 갈았는지 곰팡이가 피었는지 모른 채
옥탑에 실외기는 다섯 개, 여름이 지난 실외기는 숫구멍 같다

달을 바라보다
나도 돌고 있다는 생각,
내가 도는 행성은 셀 수 없이 많은 위성을 지녔다는 생각,

이 행성의 표면엔 빼끔거리는 후미등들과 하늘을 겨냥한 총구 같은 건물들,

자라는 사막과 죽어 가는 바다, 그리고
돌고 있는

갓 태어난 위성의 표피엔 물 흘렀던 자국이 주름져 있다
머리는 여러 개의 뼈들이 모여 있고
꼭대기엔 마지막으로 닫힐 숫구멍이 있다

여름의 옥탑은 다섯 개의 실외기가 돌고
뜨거운 기운이 방 안으로 착륙했다
붉은 방이었다

혀가 날개가 커튼이 녹고 그러나 해 지면
이 별은 영하 85도

화성을 아직 나는 찾지 못한다
닫힌 숫구멍은 열리지 않는다

숨바꼭질

늘 찾고 있다 오리를
(답을 계획을 너를)

열쇠를 찾다 변색된 편지를 읽고 있지
(잠긴 시간을 열었다는 듯이)

너를 찾다 시체를 발견하기도 하지
(열린 사랑을 더는 닫을 수 없다는 듯이)

오늘은 열일곱 마리
어제는 스물세 마리
방금 나는 여섯 마리를 잃어버렸다
성북천에 오리를 풀어놓은 건
내가 아닌데

지치거나 배고프거나 싫증 나면 술래는
말없이 가 버리기도 하지

불릴 이름을 기다리며
다가와 등 쳐 줄 손을 기다리며

부리를 묻고 우리는 조금씩 딱딱해진다

단단한 부리와 부리가 부딪친다
사랑일까 싸움일까
언 호수를 매달고 날아가지 못한 오리들이
눈 덮인 징검돌처럼 잠들 때

문득 고개 들면 한 마리 두 마리……
밤하늘로 숨은 오리를 세다가 그만
들켜 버린 것 같다 여섯 마리 오리가
나를 물고 호수로 가 버린 것을

●언 호수를 매달고 날아가지 못한 오리들. 저쪽에 움푹 팬 곳 보이지? 예전에 호수였대. 십일월쯤 오리 떼가 몰려와 놀고 있는데 갑자기 추워져 호수가 얼었지. 그러자 오리 떼는 언 호수를 매달고 날아가 버렸대. 영화 「프라이드 그린 토마토」에서 들은 얘기야. 오리는 호수를 어디에 숨겼을까?

마트료시카의 하루

토막 난 지렁이는 각자 자신의 앞으로 기어간다

죽을 때까지 황무지에 나무를 심는 사람이 있다
죽은 나무인 줄 모르고 그 속에 집 짓는 쇠딱따구리가 있다

모든 창문은 입 벌리고 짖는다
짖다 지쳐 사라진다

아물지 않은 지렁이 몸이
조금 더 붉어진다

젖은 흙에 몸을 들이민다
황무지에 밀어 넣다 부러지는 뿌리처럼
기둥을 세웠는데 부서져 내리는 지붕처럼
각각의 세계에서

비를 기다리는 마음으로
서 있어도 죽었음을 깨닫는 마음으로

숲이 된 황무지가 있다

지렁이는 앞뒤 없는 땅속을 가고 있다
양수(羊水) 속을 더듬듯이
뻗어 오는 뿌리에 흙이 꿈틀하듯이

내 몸은 가고 있다,
고 믿는다

서퍼

큰 파도를 향해 끝없이 팔을 젓는 서퍼처럼
파도 위로 일어서는 서퍼처럼

서퍼를 곤두박질치게 하는 파도처럼
돌아오길 기다리는 해변의 마음처럼

날뛰는 물의 고삐를 잡고
물 위에 두 발로 서 있는 사람과
상상 속으로 뛰어들어 헤엄쳐 가는 사람

허공에 배를 대고 나는
두 팔을 휘젓는다

큰 파도는 더 큰 파도를 데려온다

해설

지나간 세계의 파도

이경수(문학평론가)

1.

김유자의 첫 시집 『고백하는 몸들』은 아직 과거가 되지 못한 상처가 내지르는 고요한 비명으로 가득했다. 단정하면서 뾰족한 말들로 스스로를 상처 냈던 첫 시집을 기억하는 이들이라면 지나온 상처와 대면하려는 주체의 모습을 이번 시집에서 발견할 수 있을 것이다. 두 번째 시집에 와서 김유자의 시는 첫 시집의 연장선 위에 서 있으면서도 이제는 그것이 지나간 세계임을 받아들이고 인정하며 상처의 기원을 탐색한다. 지나간 세계에 속해 있던 이름들을 이해해 보려는 태도도 그로부터 비롯된다. 8년 만에 출간하는 두 번째 시집에서 한층 깊어진 김유자 시인의 세계를 엿볼 수 있다.

이번 시집에서도 지나간 세계의 상처가 모습을 드러내지 않는 것은 아니다. 평소 별 왕래가 없던 친척의 결혼 소식을 전하는 자리에서 불쑥 끼어드는 과거의 기억은 "네가 그랬니?" "아이들이 네가 썰매 태웠다던데?" 같은 원망과 심문의 말들과 함께 시의 주체의 몸에 각인되어 버렸을 것이다. "꽃잎, 꽃잎, 꽃잎, 얼음 위에 피가 스며"드는 시각적 장면과 "사방에서 아이들이" 내지르는 "비명"이 지배하는 과거 어느 순간의 기억은 "그 애"가 죽었는지 죽지 않고 겨우 살아났는지와 별개로 주체의 이후의 시간을 지배해 왔을 것이다.(「물고기의 가역반응」) 가장 즐겁고 행복했던 순간에 벌어진 어린 날의 사고는 그렇게 천진난만한 시간을 앗아 가 버렸다.

그 때문인지 이후 시의 주체가 건너온 시간도 녹록지 않아 보인다. "아무도 당신의 전화를 받지 않았"는데 이후 전해진 소식은 "부음 문자"였음을 짐작게 하는 「움직이고 있으나 아무도 보지 않고」에 드러나 있듯이, "고시원에서/언제 죽었는지도 모르게/죽었다고" 하는 아버지와 "화장터에서 만난" 주체의 삶 또한 파란만장했던 아버지의 삶으로 인해 많은 것을 짊어져야 했을 것이다. 시집 곳곳에서 드러나는 가족사와 유년의 상처는 시의 주체가 건너왔을 고단한 시간을 짐작게 한다.

그러나 이제 김유자 시의 주체는 과거의 아픈 기억을 응시할 준비가 되어 있다. 어쩌면 시 쓰기를 통해 김유자의 시가 도달하고자 한 자리는 바로 여기일지도 모르겠다. 과거의 상처가 이제 지나간 세계임을 받아들이고 그로부터 빠져나오는 일. 어머니는 그리움의 흔적으로 영원히 남아 있고 평생을 미워하고 이해할 수 없었을 아버지도 고인이 된 지 오래이므로, 이제 남겨진 시의 주체는 남은 자의 몫을 살아 내야 한다. 상처를 쓰는 일에서 한 걸음 더 나아가 담담히 상처를 응시하고 그로부터 빠져나와 타자를 돌아보는 일. 상처를 쓰는 일에서 비롯된 시 쓰기가 어떻게 아름다운 문학이 될 수 있는지 보여 주는 일. 남은 몫의 시간을 살아 내며 김유자의 시가 구축하려는 세계는 이런 것이 아닐까.

2.

이번 시집에서 눈에 띄는 것은 타자와의 관계에 시의 주체의 시선이 예민하게 향하고 있다는 점이다. 나 자신도 이해하기 힘들 때가 많으므로 나 아닌 타자를 이해하는 일은 누구에게도 수월하지 않을 것이다. 둘 이상이 모이면 관계가 형성되지만 그것이 늘 아름답고 화목한 형태이기만 할 리는 없다. 삐거덕거리는 소음이, 불화가 그 관계에서 발생하는 것은 아마도 자연스러운 일이겠다. 김유자의 시는 다리가 부러진 식탁이나 식탁 아래의 다리들을 통해 관계 속에 은폐된 비밀스러운 자리와 불화에 대해 말한다.

하얀 식탁보를 보면 들춰 보고 싶다
엄마의 치마 속처럼

두 개의 다리
네 개의 다리 여섯 개의 다리가 있고

떨리는 한 개의 다리가 막혀 있는 공기를 흩트린다
은밀하게 격렬하게

식탁 위에 제초제
식탁 위에 나체
식탁 위에 시체가 있어도
놀랍지 않았는데

엄마의 뺨 맞는 소리
심장이 타오르는 냄새
화르르 공중에 뜬 수저들이 숨을 멈춘 동안
식탁보가 절단한 다리에서 무수한 다리가 꿈틀대고

식탁의 다리는 어디까지 가나
두 개의 다리는 백 년을 걷고 있고
백 년 속에는 몇 개의 다리가 물 위에 걸쳐 있다
맞은편의 당신과 문득
같은 접시 위에서 젓가락이 마주친다

식탁보를 들춰 본다
어디 숨었나 식탁의 다리는 여전히
엄숙하다 벌어져 있다
내 몸이 식탁보 속으로 끌려들어 간다 이곳은
뚜껑이 덮인 세계

천장이 손에 닿고 맥박이 눈처럼 쌓이고

차오른 숨소리가 젖은 화선지처럼 얼굴을 뒤덮는다

—「식탁의 다리」 전문

식탁을 마주하고 둘러앉은 이들은 대개 가족이거나 가까운 관계이다. 식탁 위에서 나눠 먹는 음식과 주고받는 다정한 대화와는 별개로 식탁 밑에서는 또 다른 세계가 펼쳐진다. 시의 주체는 식탁 밑의 세계가 궁금해 식탁보를 들춰 보고 싶어한다. 식탁의 네 개의 다리 말고도 그 밑에는 두 개, 네 개, 여섯 개의 다리가 있고 "떨리는 한 개의 다리가 막혀 있는 공기를 흩트"리기도 한다. "은밀하게 격렬하게" 식탁 위의 얼굴에는 드러나지 않는 감정의 소용돌이가 식탁 밑에서 꿈틀거리고 있다. 관계가 빚어내는 불화는 식탁 위에도 종종 영향을 미쳐 시의 주체는 식탁 위에 무엇이 놓여도 놀랍지 않다고까지 말한다. "식탁 위에 제초제" "나체" "시체가 있어도" 놀랍지 않은 지경에 이르렀을 때 폭력은 식탁 밑의 세계를 지나 식탁 위에도 어김없이 모습을 드러낸다. 주체는 그 폭력의 장면을 "심장이 타오르는 냄새" "화르르 공중에 뜬 수저들이 숨을 멈춘 동안"으로 기억한다. 이런 장면은 생각보다 오래되었다. "백 년을 걷고 있"는 "식탁의 다리"만큼 오래되었을 것이다. "뚜껑이 덮인 세계"는 비밀이 많은 세계이다. 그 속에서 숨겨져 온 감정과 심장의 두근거림, "차오른 숨소리가 젖은 화선지처럼 얼굴을 뒤덮는" 순간 그 세계는 열릴 것이다.

식탁이 놓인 방 안의 풍경이 김유자의 시에서는 가까운 관계의 불화를 그리는 방식으로 펼쳐진다. "문짝을 벽에 세워 놓아도 문은 아니"고 "벽엔 폭풍우 치는 바다가 있"고 "식탁 위에는 내려치지 못해 떼어 놓은 손 하나가 있다". "문이 없어서 방은 노크가 없고" 나가고 싶어도 나갈 수가 없고 들어오고 싶어도 들어올 수가 없다. "땅속처럼 캄캄해진" 방 안에서 "절뚝거리는" 식탁의 "다리"처럼 절뚝거리는 관계가 있다.(「불화의 위치」)

집에 홀로 있는 시의 주체가 종종 모습을 드러내기도 하는데, 홀로 있는 시의 주체의 귀에는 "원인을 알 수 없"는 소리가 들리기 시작한다. "벽 속에서 물방울 떨어지는 소리"가 들리기도 하고 "밤낮없이/심장 소리"처럼 "환하게 부서지는 물방울" 소리가 들려오는데 "누수 전문가를 부르면 소리가 사라"진다. 소리에 예민해지자 주체는 비로소 자기 몸에서 나는 소리에도 예민해진다. "집에 소리가 멈추면/뼈처럼 내가 드러난다". "소리가 생기기 전" "무심했"던 "집과 나는" 서로를 이해하기 위해 "벽을 뜯고 들여다보"기도 하고 "뜯었던 벽을 다시/시멘트로 덮"기도 한다. 여전히 "이유를 알 수 없"지만 서로의 소리에 귀 기울이는 과정을 통해 시의 주체는 조금씩 타자를 향해 마음을 열기 시작한다.(「원룸」) 소리를 통해 주체는 공간을 인식하고 자기 안의 소리에도 귀 기울이기 시작한다.

그러고 싶지 않았지

그러고 싶었지

캄캄한 곳에 앉아 있는 것 같아서

모여서 이야기하다 보면

뿌려진 소금에 밀물인 줄 알고

나 혼자 튀어 오르거나

더 깊이 파고들거나

알려고 할수록 내 발은 갯벌처럼 빠져들 뿐이어서

가만히 고여 있을 수 있지 내가 파 놓은

구멍 속에서

그러고 싶었지 실은

그러고 싶지 않았을지도

(중략)

정말이지, 튀어 오르고 싶었는지

더 깊이 파고 내려가고 싶었는지

캄캄한 곳에 앉아 있는 동안

밀물이 들어와 바다가 되는 동안

―「맛조개」 부분

"그러고 싶지 않"은 마음과 "그러고 싶"은 마음이 동시에 있는 것. 모순된 마음이지만 사실상 우리 마음은 그런 모순의 상태일 때가 더 많은 것도 같다. 김유자의 이번 시집에서는 이렇게 주체의 양가적인 태도를 보여 주는 시들이 눈에 띈다. "모여서 이야기하다 보면/뿌려진 소금에 밀물인 줄 알고/나 혼자 튀어 오르거나/더 깊이 파고들거나" 하는 마음의 상태가 되는 일은 흔하다. "알려고 할수록 내 발은 갯벌처럼 빠져들 뿐이어서" "내가 파 놓은/구멍 속에서" "가만히 고여 있을 수"밖에 없었던 경험을 통해 시의 주체는 "그러고 싶었"고 "실은/그러고 싶지 않았을지도" 모르는 자신의 마음을 가만히 들여다보게 되었고 이런 마음을 이해하려고 드는 과정을 통해 타자를 향해 나아갔을 것이다. 비록 이해에 실패하더라도.

3.

과거의 쓰린 기억에 사로잡혀 있었던 시의 주체는 이제 조금씩 그 기억에서 벗어나고자 한다. 그것이 가능해지기 위해서는 과거의 기억을 정면으로 응시할 필요가 있다. 이번 시집에서 김유자 시의 주체는 그 한 걸음을 내디딘다. 「시인의 말」에서도 드러나듯이 시의 주체는 "소금 속에"서 "밀려오는 파도"를 본다. 쓰린 상처의 결정체와도 같은 소금에서 그것을 만들어 낸 긴 시간을 보아 낸 것이다. "파도가 흰 이빨로 모래알을 깨"물고 "모래알"이 "발가락을 깨" 무는 긴 시간을 거치며 파도가 소금이 되었음을 깨달은 것이다. 그리고 이런 시선을 획득했을 때 비로소 "문득, 내 몸 속 파도의 1퍼센트를//이해한 것 같은 기분이" 들었다고 시의 주체는 고백한다. 자신을 이해하는 일도 어려움을 받아들인 시의 주체는 비로소 자신의 바깥을 향해 시선을 돌린다. 아픈 상처의 시간이 지나간 세계가 되는 일은 이토록 힘겹다.

서랍 속에 누워 있다
밤을 좋아하지만 밤은 계속 밤이다
서랍 속에는 문고리가 없다

덜그럭거리는 심장
열리지 않는 숲

밖에선 어떤 일이 일어날까
나 없는 세계는 이야기일 뿐
나 있는 세계도 여기에선 이야기여서

울창한 그림자에 담겨 나는
하늘을 떠올린다 구름이 게으르게 흐르고 바람이 내려앉지 못하고
별들은 시린 발을 꼼지락거리고

구름과 땅을 비가 꿰맬 때

당신은 책상 위에 시침처럼 엎드려 있다
여전히 밤인데도
당신의 심장이 문을 두드린다

눈 덮인 숲에서 나무들이 컹컹 짖고
눈처럼 먼지가 날아오르고
하늘이 흔들리고 새들이 떨어져 내리고
나는 쓸려 가지 않으려 이야기를 힘주어 붙든다

책상은 서랍을 빼물고 덜걱거린다
당신은 나를 꺼낸다
문고리 없는 숲이 펼쳐진다

—「덜그럭거리는 숲」 전문

고여 있는 과거의 시간은 김유자의 시에서 종종 갇힌 공간의 이미지로 형상화된다. 시의 주체는 "서랍 속에 누워" 있는데 "서랍 속에는 문고리가 없다". 안에서는 열고 나갈 방법이 없으니 서랍 속에 갇혀 있는 셈이다. 심장은 덜그럭거리며 나가고 싶다고 말하지만 숲은 열리지 않는다. 시의 주체는 숲을 향해, 세계를 향해 나아가고 싶어 한다. 하지만 혼자서는 열 수 없는 서랍 안에 갇혀 있다. 서랍 속에 누운 것도 스스로의 선택이었겠지만 이제 나가고 싶어도 혼자서는 나갈 수 없다. 지나간 세계에 갇혀 버린 시인은 이제 나가야 한다는 것을 알고 있다. "밖에선 어떤 일이 일어날까" 비로소 궁금해하는 시의 주체는 "하늘을 떠올린다". "구름이 게으르게 흐르고 바람이 내려앉지 못하고/별들은 시린 발을 꼼지락거리고/구름과 땅을 비가 꿰"매는 상상을 한다. "당신의 심장이 문을 두드"리고 당신은 마침내 "나를 꺼낸다". 이제 "문고리 없는 숲이" 주체 앞에 "펼쳐진다". 김유자 시의 주체는 지나간 세계에서 걸어 나와 "문고리 없는 숲"을 향해 나아갈 수 있게 되었다.

갇혀 있는 공간의 이미지는 수영장이 등장하는 시에서도 나타난다. "병원에 누워 있는 너는 삼 년째 나와 눈 맞추지 못"하는데 "파도치던 네 몸이 나무 같다"고 느낄 때 '너'의 몸과 그런 '네'가 누워 있는 병원은 갇혀 있는 공간이 된다. "아무도 들어가지 않은 수영장" 역시 다르지 않다. "물결이 없어 물이 보이지 않는" "아무도 들어가지 않은 수영장"은 '네'가 갇혀 있는 병실과 닮았다. 시의 주체는 "갇혀 있는 물결에 한쪽 발을 넣"어 본다.(「수영장」) 갇혀 있는 물에 파문을 일으키며 자신도 병실에 누워 있는 '너'도 갇혀 있는 공간으로부터 빠져나오기를 시의 주체는 기대한다. "바늘이 긁고" 갈 때마다 "소리가 갇혀 있는" "축음기에서" "소리가 흘러나"오듯이 "이젠 심장에 고통이 될 노래가/없을까 봐 두려워/닳아진 구멍을 더 깊이 파헤칠/날카로운 바늘을 기다"리면서 갇혀 있던 지나간 세계로부터 빠져나오고자 한다.(「이건 내 소리가 아니다」) 날카로운 바늘에 긁히듯 아픈 응

시이지만 그 과정을 겪어야만 갇혀 있는 소리가 흘러나올 수 있음을 아는 것이다.

> 흘러간다 물고기들 사이로
> 물풀에 찢기며
> 모래알을 들썩이게 하며
>
> 흘러가는 것만을 할 수 있다는 듯이 흘러가다 문득
> 뿌리 속으로 빨려 들어간다, 이끌려 올라가다
> 막다른 골목을 밀며 나아가고
> 골목은 자꾸 뾰족해지고 길어지고 갈라지고
>
> 고여서 깊어지는 감정 같아서
> 가라앉고 쓸려 가고 넘쳐흐른다
> 시냇물 성에 폭포 입김 빙하 바다로 출렁이는 이름들
>
> 새벽이면 잎사귀 위에 흔들리는 네가 있다
>
> —「이름들」 전문

불면의 밤, 문득 떠오르는 잊힌 이름들과 밀려오는 감정의 파도에 시달려 본 경험이 있을 것이다. 과거의 기억에 갇혀 있던 시의 주체는 이제 흘러갈 줄 알게 되었다. "물고기들 사이로/물풀에 찢기며/모래알을 들썩이게 하며" "흘러간다". 흘러가는 과정이 순탄치는 않지만 "흘러가는 것만

을 할 수 있다는 듯이" 흘러간다. "막다른 골목"이 나오면 "밀며 나아가고" "골목"이 "자꾸 뾰족해지고 길어지고 갈라"져도 흘러간다. "고여서 깊어지는 감정"의 흐름이자 잠 오지 않는 밤의 꼬리를 무는 생각의 파도처럼 생각이 흘러넘치고 이름들이 흘러넘친다. 그렇게 불면의 밤을 보내고 맞이하는 "새벽이면 잎사귀 위에 흔들리는 네가 있다". 갇혀 있던 시간에서 빠져나와 '너'를 만나기 위해 시의 주체는 이토록 긴 불면의 밤을 흘러가야 했다.

오래 갇혀 있다 보면 몸도 딱딱해지게 마련이다. 딱딱해진 몸과 마음을 흐르게 하기 위해 시의 주체는 "고양이 자세를" 하고 "뱀 자세를" 하고 "물고기 모습으로 빠끔거"리기도 하면서 다른 몸이 되기 위해 스스로를 단련한다. "척추가 늘어나고 골반이 벌어지고/발톱 끝에서 아가미까지/숲을 달려가다 멈추다가/물결을 긴장시켰다 이완시키다가" 하는 요가와 명상의 시간이 "고양이로서 웃고/물고기 울음소리를 내며" 다른 몸으로 살아 보게 한다. 마침내 갇혀 있느라 굳어 버린 심장이 뛰고 "혈관이 꿈틀거린다".(「되어 가는 중이다」) 비로소 흐르게 된 것이다.

4.

이번 시집에는 이스탄불, 벵골, 메르드글라스 빙하, 고베, 삿포로, 교토의 은각사, 카페 프랑수아 등 많은 여행지의 이름이 자주 등장하고 우주로 상상력이 펼쳐지기도 한다. 이 또한 고여 있는 시간을 탈출하기 위해 시의 주체가 낯선 공간으로 끊임없이 이동하기 때문일 것이다.

구역질 난다 식은땀이 난다 목으로 무언가 울컥,
올라온다
벽이 천장이 빛이 내가 나에게서
빠져나간다

유성은 소원을 다 말하기도 전에
사라져 버린다 나는
사람들을 까마득하게 바라볼 때가 있다
왜 지구로 끌려와 타 버리나

태어난 아기는 울음을 터트린다

어느 중력에 휩쓸려 나는 불타고 있나

시간이 툭,
끊긴다

타 버린 우주가 내게서 후두둑,
떨어져 내린다

두리번거린다

여기가 어디지, 이 몸은 누구지, 문득

다시 태어난다

—「syncope」 전문

자신을 가둬 버린 딱딱해진 몸으로부터, 갇힌 기억으로부터 빠져나오는 일은 "구역질" 나고 "식은땀"이 나고 "목으로 무언가 울컥,/올라"오는 경험과 흡사할지도 모른다. 어지러움을 느끼며 실신했다 깨어나는 경험은 "다시 태어"나는 경험과 다르지 않을 것이다. "내가 나에게서/빠져나"가는 이런 경험은 비로소 주체 자신을 거리를 두고 바라볼 수 있게 한다. 자신을 거리 두고 바라본 것처럼 "사람들을 까마득하게 바라"보며 저 멀리 우주의 시선을 획득하게 되면 그토록 고통스러웠던 지금-여기의 현실도 낯설게 느껴질 것이다. "타 버린 우주가 내게서 후두둑,/떨어져 내"리고 "여기가 어디지, 이 몸은 누구지" "두리번거"리며 "문득/다시 태어"나는 경험으로 이 고통스러운 시간에서 벗어나 지나간 세계를 지나간 세계로 인정할 수 있게 될 것이다. "돌멩이만 한 아버지가 들어 있는 눈 뭉치를/낯선 곳으로 던"지는 마음으로, 그렇게 "나의 이주(移住)"(「white out」)는 이루어진다.

내가 아닌 너도 아닌

퍼져 가는 기분은 누구의 것인가
너의 목을 잡은 손바닥이 축축해진다

말이 내려앉은 귓속에서 엉겅퀴가 뻗어 간다
나도 모르게 손에 힘이 들어가
너의 목에 온통 엉겅퀴꽃이 필 때

너의 떨림을 이해하고
내 속의 네가 점점 더 커지고
구름이 빗줄기로 나뉘듯이 나를 갈라놓고

파편들은 벽에 부딪혀 돌아와 우리 위로 쏟아지지
사방이 거울인 방처럼 나와 너는 끝없이
서로를 관통하지

웅웅거리며 우리는
흩어진다 뭉쳐진다 사라진다
너로부터 흘러내린
나로부터 새 나가는

너와 나만 모르는 우리의 세계

—「마이크의 세계」 전문

다른 세계로 이주한 시의 주체에게는 비로소 '너'가 인식되기 시작한다. '너'와 '내'가 빚어내는 관계 속으로 온전히 들어가기 시작했다는 뜻이겠다. "너의 목을 잡은 손바닥이 축축해"지고 "말이 내려앉은 귓속에서 엉겅퀴가 뻗어" 가고 "나도 모르게 손에 힘이 들어가/너의 목에 온통 엉겅퀴꽃이" 피는 것은 '너'와 '내'가 긴밀히 연결되어 있기 때문이다. '너'의 말과 '나'의 말이, '너'의 행동과 '나'의 행동이 그렇게 서로에게 영향을 미치고 상호작용하면서 '너'와 '나'는 서로를 아주 조금씩이나마 이해할 수 있을 것이다. "너의 떨림을 이해하고/내 속의 네가 점점 더 커지고/구름이 빗줄기로 나뉘듯이 나를 갈라놓고" 하는 것은 '너'와 '내'가 만나 서로를 이해하려 애쓰며 만들어 가는 사랑의 감정이자 관계가 아닐 수 없다. '우리'가 던진 말에 깨져 버린 감정의 "파편들은 벽에 부딪혀 돌아와 우리 위로 쏟아지"고 "사방이 거울인 방처럼 나와 너는 끝없이/서로를 관통"한다. "나와 너"가 만나 '우리'가 되는 일은, 비록 그것이 "1퍼센트"의 이해에 불과하다 해도 이렇게 끝없이 파편을 튀기며 '내' 귓속에서 뻗어 간 엉겅퀴가 '너'의 목에 "엉겅퀴꽃"을 피우는 일과 비슷할 것이다. "너로부터 흘러내"리고 "나로부터 새 나가는" "너와 나만 모르는 우리의 세계"가 있음을 아는 시의 주체는 주체 자신은 물론 타자에 대한 온전한 이해가 불가능함을 인정함으로써 한층 품이 넓어진 세계를 보여 준다.

"이 세계는 언제나 목이 마르고" 이해할 수 없는 일들이 여전히 일어나겠지만, 시의 주체는 "죽음 앞에서 우아하게 천천히/두 발을 뻗으며" 아름다운 음악을 들려주고 시를 쓰는 일을 계속할 것이다(「우아한 세계」). 이번 시집은 그런 믿음을 준다. "얼고 녹기를 백 년 빙하에 비늘 하나가 생"기듯 "말더듬이 내 입에서 말이 튀자 야생화가 가득" 피는 세계를 시의 주체는 그려 낸다. "꽃에 얼굴을 묻"고 "향기를 맡"고 "꽃잎을 손가락으로 비"비며 "나도 모르게/혀 밑으로 흘러내려 호수를 이룬 말들"에 "발을 담가 보"라고, "나의 빙하 시집"을 읽어 보지 않겠냐고 넌지시 말을 건넨다.(「나의 빙하 시집」)